蕭蕭 著

蕭蕭截句

截句詩系 02

臺灣詩學 25 週年 一路吹鼓吹

【總序】
與時俱進‧和弦共振
——臺灣詩學季刊社成立25周年

蕭蕭

　　華文新詩創業一百年（1917-2017），臺灣詩學季刊社參與其中最新最近的二十五年（1992-2017），這二十五年正是書寫工具由硬筆書寫全面轉為鍵盤敲打，傳播工具由紙本轉為電子媒體的時代，3C產品日新月異，推陳出新，心、口、手之間的距離可能省略或跳過其中一小節，傳布的速度快捷，細緻的程度則減弱許多。有趣的是，本社有兩位同仁分別從創作與研究追蹤這個時期的寫作遺跡，其一白靈（莊祖煌，1951-）出版了兩冊詩集《五行詩及其手稿》（秀威資訊，2010）、《詩二十首及其檔案》（秀威資訊，

蕭蕭截句

2013），以自己的詩作增刪見證了這種從手稿到檔案的書寫變遷。其二解昆樺（1977-）則從《葉維廉〔三十年詩〕手稿中詩語濾淨美學》（2014）、《追和與延異：楊牧〈形影神〉手稿與陶淵明〈形影神〉間互文詩學研究》（2015）到《臺灣現代詩手稿學研究方法論建構》（2016）的三個研究計畫，試圖為這一代詩人留存的（可能也是最後的）手稿，建立詩學體系。換言之，臺灣詩學季刊社從創立到2017的這二十五年，適逢華文新詩結束象徵主義、現代主義、超現實主義的流派爭辯之後，在後現代與後殖民的夾縫中掙扎、在手寫與電腦輸出的激盪間擺盪，詩社發展的歷史軌跡與時代脈動息息關扣。

　　臺灣詩學季刊社最早發行的詩雜誌稱為《臺灣詩學季刊》，從1992年12月到2002年12月的整十年期間，發行四十期（主編分別為：白靈、蕭蕭，各五年），前兩期以「大陸的臺灣詩學」為專題，探討中國學者對臺灣詩作的隔閡與誤讀，尋求不同地區對華文新詩的可能溝通渠道，從此每期都擬設不同的專題，收集

專文，呈現各方相異的意見，藉以存異求同，即使
2003年以後改版為《臺灣詩學學刊》（主編分別為：
鄭慧如、唐捐、方群，各五年）亦然。即使是2003年
蘇紹連所闢設的「臺灣詩學‧吹鼓吹詩論壇」網站
（http://www.taiwanpoetry.com/phpbb3/），在2005年
9月同時擇優發行紙本雜誌《臺灣詩學‧吹鼓吹詩論
壇》（主要負責人是蘇紹連、葉子鳥、陳政彥、Rose
Sky），仍然以計畫編輯、規畫專題為編輯方針，如
語言混搭、詩與歌、小詩、無意象派、截句、論詩
詩、論述詩等，其目的不在引領詩壇風騷，而是在嘗
試拓寬新詩寫作的可能航向，識與不識、贊同與不贊
同，都可以藉由此一平臺發抒見聞。臺灣詩學季刊社
二十五年來的三份雜誌，先是《臺灣詩學季刊》、後
為《臺灣詩學學刊》、旁出《臺灣詩學‧吹鼓吹詩論
壇》，雖性質微異，但開啟話頭的功能，一直是臺灣
詩壇受矚目的對象，論如此，詩如此，活動亦如此。

　　臺灣詩壇出版的詩刊，通常採綜合式編輯，以詩
作發表為其大宗，評論與訊息為輔，臺灣詩學季刊社

則發行評論與創作分行的兩種雜誌，一是單純論文規格的學術型雜誌《臺灣詩學學刊》（前身為《臺灣詩學季刊》），一年二期，是目前非學術機構（大學之外）出版而能通過THCI期刊審核的詩學雜誌，全誌只刊登匿名審核通過之論，感謝臺灣社會養得起這本純論文詩學雜誌；另一是網路發表與紙本出版二路並行的《臺灣詩學・吹鼓吹詩論壇》，就外觀上看，此誌與一般詩刊無異，但紙本與網路結合的路線，詩作與現實結合的號召力，突發奇想卻又能引起話題議論的專題構想，卻已走出臺灣詩刊特立獨行之道。

　　臺灣詩學季刊社這種二路並行的做法，其實也表現在日常舉辦的詩活動上，近十年來，對於創立已六十周年、五十周年的「創世紀詩社」、「笠詩社」適時舉辦慶祝活動，肯定詩社長年的努力與貢獻；對於八十歲、九十歲高壽的詩人，邀集大學高校召開學術研討會，出版研究專書，肯定他們在詩藝上的成就。林于弘、楊宗翰、解昆樺、李翠瑛等同仁在此著力尤深。臺灣詩學季刊社另一個努力的方向則是獎掖

青年學子，具體作為可以分為五個面向，一是籌設網站，廣開言路，設計各種不同類型的創作區塊，滿足年輕心靈的創造需求；二是設立創作與評論競賽獎金，年年輪項頒贈；三是與秀威出版社合作，自2009年開始編輯「吹鼓吹詩人叢書」出版，平均一年出版四冊，九年來已出版三十六冊年輕人的詩集；四是興辦「吹鼓吹詩雅集」，號召年輕人寫詩、評詩，相互鼓舞、相互刺激，北部、中部、南部逐步進行；五是結合年輕詩社如「野薑花」，共同舉辦詩展、詩演、詩劇、詩舞等活動，引起社會文青注視。蘇紹連、白靈、葉子鳥、李桂媚、靈歌、葉莎，在這方面費心出力，貢獻良多。

　　臺灣詩學季刊社最初籌組時僅有八位同仁，二十五年來徵召志同道合的朋友、研究有成的學者、國外詩歌同好，目前已有三十六位同仁。近年來由白靈協同其他友社推展小詩運動，頗有小成，2017年則以「截句」為主軸，鼓吹四行以內小詩，年底將有十幾位同仁（向明、蕭蕭、白靈、靈歌、葉莎、尹玲、黃里、方

群、王羅蜜多、雲朵、阿海、周忍星、卡夫）出版《截句》專集，並從「facebook詩論壇」網站裡成千上萬的截句中選出《臺灣詩學截句選》，邀請卡夫從不同的角度撰寫《截句選讀》；另由李瑞騰主持規畫詩評論及史料整理，發行專書，蘇紹連則一秉初衷，主編「吹鼓吹詩人叢書」四冊（周忍星：《洞穴裡的小獸》、柯彥瑩：《記得我曾經存在過》、連展毅：《幽默笑話集》、諾爾‧若爾：《半空的椅子》），持續鼓勵後進。累計今年同仁作品出版的冊數，呼應著詩社成立的年數，是的，我們一直在新詩的路上。

檢討這二十五年來的努力，臺灣詩學季刊社同仁入社後變動極少，大多數一直堅持在新詩這條路上「與時俱進‧和弦共振」，那弦，彈奏著永恆的詩歌。未來，我們將擴大力量，聯合新加坡、泰國、馬來西亞、菲律賓、越南、緬甸、汶萊、大陸華文新詩界，為華文新詩第二個一百年投入更多的心血。

2017年8月寫於臺北市

【代序】
臺灣「截句」創作風潮與實踐

蕭　蕭

　　臺灣「截句」創作的風潮，由「臺灣詩學季刊社」所屬「吹鼓吹詩論壇」的臉書創作版網頁〈facebook詩論壇〉首倡，從2017年1月開始徵稿至6月30日止，預計從中選取佳作，編輯《臺灣詩學截句選》出版，其中還與《聯合報・副刊》合作舉辦截句競寫「詩是什麼」、「讀報截句」、「小說截句」等三階段的高峰盛況。

　　根據主事者白靈（莊祖煌，1951-）所寫的置頂文字，所謂「截句」，一至四行均可，可以是新作，也可以是從舊作截取，深入淺出最好，深入深出亦無妨。截句的提倡是為讓詩更多元化，小詩更簡潔、

更新鮮，期盼透過這樣的提倡讓庶民更有機會讀寫新詩。顯然，推廣截句，白靈的用意在喚醒愛詩的心靈，所以發揮「截句」之「截」，可以回頭檢討自己的舊作，精簡詩句，抽繹詩想，也因為詩篇限定在四行之內，所以能有效誘發新手試作，容易在快速簡潔的語言駕馭中攫取詩意，獲得創作的喜悅與信心。

　　就白靈所定義的「截句」來看，比較接近蔣一談的「截句」句數，不似劉正偉的「絕句」那麼堅持四行，但就詩意的捕捉、題旨的凝鍊，白靈的「截句」近乎劉正偉的「絕句」，有題目有內涵，反而不像蔣一談的「截句」有句缺題，蔣一談的「截句」也因此被懷疑是金句嘉言，不能算是詩。日本的「俳句」，有題目、有形式（5+7+5）、有季語、有意境，經典俳句還需一、三句句末押韻，更進而要求第三句（即末句）要有驚喜的效果：如期望落空、祕密揭曉、情境翻轉、意想反差，世界詩史上從來不曾有人質疑她的詩質、詩性。若是，白靈的「截句」規則，走在比蔣一談更合詩境的路上。

　　顧亭鑑纂輯、葉葆王詮注的《學詩指南》，談到「絕句體式」時，說「其法要婉曲廻還，刪蕪就簡，絕句而意不絕，大抵以第三句為主，而第四句發之。有實接，有虛接，承接之間，開與合相關，反與正相依，順與逆一應。……然起承二句為難，法不過要平直敘起為佳，從容承之為如（好）。至如宛轉變化功夫，全在第三句，若於此轉變得好，則第四句如順流之舟矣。」[1]一般講究文章結構時喜歡用「起、承、轉、合」，四句的絕句幾乎一句對一字，完美符應「起承轉合」，所以《學詩指南》所講的第三句，呼應的就是「轉」字，那是使詩不至於平鋪直敘的關鍵處，今日截句不一定維繫四句，但關鍵處大約也就在那四分之三附近。向明在為王勇閃小詩集《日常詩是道》寫序時曾引用宋朝詩人楊萬里（1127-1206）的話：「五七言絕句，字少而難工。」[2]所以推論沒有嚴

[1]　顧亭鑑纂輯、葉葆王詮注：《學詩指南》，臺北市：廣文書局，1979，頁63-64。

[2]　向明：〈王勇詩中的故鄉情結〉，王勇：《日常詩是道》，香港：風雅圖書出版有限公司，2017，頁10。

格規範的自由小詩，寫起來當然會更加艱難。

　　但就白靈推廣「截句」的用意，是在導引新手試作，快速達陣，及時獲得創作的喜悅與信心這點來說，「截句」寫作不應是難事。在這難易之間，我們思考的是：如何走好「實踐」這條路，如何讓截句寫作在新詩史上也有豐碩的成績。

　　基本上，我不是白靈所想要引導的新手，我參與截句寫作這個活動，單純希望從這個形式半限定的規則中，實驗什麼，期望獲得甚麼。每創作好一首、或一個小系列，我其實是在半檢討、半觸探中前進，期望截句雖小，形式可以開展，內容可以增添，意境可以拓啟。因此，我願意將這次自己實踐的歷程記錄下來，或許對於小詩寫作同好會有些許幫助。

　　臺灣截句，以四句為主，不以四句為限，可以新製，可以裁舊，即使篇幅短小，也應落題聚焦。因此，我從以下幾個面向反思自己的實踐。

（一）截句一句試寫

今日截句不以四行為限，那節省到一句會如何？在這將近兩百天試寫截句的日子裡，我只寫了一首：

〈藍顏色的煙〉

靈魂出竅，河裡的石頭冒著藍顏色的煙

關於一行詩，兩位年輕的學者曾有這樣的見解：

陳政彥（1976-）：舉凡詩語言的特徵，如修辭創新、構思意象、音律協調等的要求，一行詩都須遵守。一個好的題目也是必須的，詩體只剩一句，題目既可與詩句呼應，也可彰顯其為獨立作品的身分。一句話未完就要埋伏亮點，這最重要條件就是要「動人」，不管是特殊角度令人莞爾一笑，或是驚悚情境令人頭皮

發麻，總要有某種強烈的情緒喚起人的悸動，
一行詩就是最高濃度的情緒針劑。

陳巍仁（1974- ）：既是形式殊雋的一行詩，
如意象、隱喻等種種對詩的要求或期待不妨先
擱下不談，免得既落陳套又橫生枝節。應該可
以這麼說，理想的一行詩必須要點破一個「祕
密」。某個於宇宙人世間存在已久，無人發揚
的祕密，經由一段神準精鍊的文字被釋放，成
為一股流動的能量。既像附耳流傳的親密私
語，更像音韻深廣，直指人心的咒語。這便
能使讀者在「喔！」「哇！」「真的！」「對
耶！」的驚嘆中，對世界不小心又多了一點點
理解或體悟。[3]

---

[3]　小熊老師林德俊：〈充滿力量的神句──閒話一行詩〉，臺北
市：《聯合報・副刊》〔聯副文學遊藝場三周年・電紙筆談〕
紀錄，2012年1月1日。

　　兩位學者期許甚高，因為他們肯定一行詩是詩，
絕對要以詩的高度來期許她。誠如陳政彥所言，因為
文本只有一行，詩的題目就該特別關注，或題目與文
本呼應，或題文互補。此詩之題是「藍顏色的煙」，
其實就是「藍色的煙」，為什麼不用四個字的題目而
多加一個「顏」字？我的斟酌，是為了節奏的效果，
「藍顏色的煙」，聲韻的安排是「1—2+1+1」，「藍
色的煙」則為「1—1+1+1」，前者舒緩有變化，後者
稍促，且多單音，此外，「顏」與「煙」還可以造成
同音不同調的協和感，增加這種音韻、節奏的起伏，
可以增加閱讀的喜悅。這一行詩，前後有兩句，可
以看成是兩個平行句、並置句：「我靈魂出竅」——
「河裡的石頭冒著藍顏色的煙」，「——」是譬喻修
辭的「好像」或者保留「，」的略喻效果；或者，不
為什麼，就是並置，萬物同生而不悖：我出我的竅，
你冒你的煙。這前後兩句，也可以看成是因果句：因
為「河裡的石頭靈魂出竅」，所以「河裡的石頭冒著
藍顏色的煙」，或者因為「河裡的石頭冒著藍顏色的

煙」，所以他們的「靈魂出竅」了！何者為優？留給讀者去衝撞，作者豈能限定讀者的想像天馬？

　　為什麼靈魂出竅，會冒藍顏色的煙？理性上無法回答的問題，歸之於神祕美學吧！（陳巍仁用了這樣的詞語：「祕密」、「神準精鍊的文字被釋放」、「流動的能量」、「親密私語」、「咒語」），至少一般人認為：「靈魂出竅」是從頭上飄出，這頭，人的頭與石（的）頭，有著相類近的地方，可以相繫連。靈魂既然是飄出，是絲是縷，不就是煙或雲的飄渺感嗎？相對於「頭」的硬，「靈魂」就該是冒著的煙。

　　藍色呢？

　　或者可以用反問法：「要不，該是甚麼顏色呢？」這就是讀詩的樂趣。讀一行詩，也該有讀一行詩的樂趣、思考一行詩的樂趣。

（二）兩行詩的推廣

　　一行詩，不容易寫。兩行詩也不容易。瓦歷斯・

諾幹（Walis Nokan，1961- ）從2010年開始大事創
作、大力推廣，寫出了原住民瓦歷斯的另一個靈魂：

〈拆信刀〉

山稜劃開暗夜
祕密洩漏下來

〈書〉

我很驚訝無人揭露人類最終的命運
將凝縮成一本書裡微不足道的蠹魚

〈光碟片〉

當地球成為一張薄薄的光碟，上帝
抽換銀河系的命運就更加輕而易舉

〈抽屜〉

每個抽屜都是平行而獨立的宇宙

父親，我在哪個編碼的抽屜裡？[4]

　　蘇紹連（1949-　）曾形容瓦歷斯・諾幹的「二行詩」是「兩片葉子」，「兩行的文字間的脈理，詩意的轉折、分句，分行與斷連，就像樹葉的生長，有對生、互生，交錯向背的相互關連與拉扯」。說瓦歷斯分行的技巧，「就是在製造詩意的轉折和空白，詩意的轉折可以變化意義的斷連，詩意的空白可以留出想像的空間。」[5]為瓦歷斯・諾幹的「二行詩」尋找分行的美學，特別是在跨行的設計上有著詩意或斷或連的可能，句斷處可以是懸崖式的斷然醒悟，可以是轉

4　瓦歷斯・諾幹：《當世界留下二行詩》，臺北市：布拉格文化，2011。

5　蘇紹連：〈神祕的距離與方向──瓦歷斯・諾幹二行詩的形式美學〉，瓦歷斯・諾幹：《當世界留下二行詩》，臺北市：布拉格文化，2011。

彎式、迴旋式的柳暗花明，各藏奧妙。瓦歷斯・諾幹二行詩寫作數量極大，且用來作為新詩教學的初階功夫，頗受歡迎，值得新詩教育者思考如何取徑。

　　我也嘗試寫作幾首二行的詩，感覺到意象單純的可貴與分歧的可喜。

〈風的年齡〉

　　風以自己的速度決定年齡
　　百合只管向著月　　笑不停

〈相忘〉

　　雨落在江裡、湖裡
　　誰也記不得誰胖誰細

　　第一首〈風的年齡〉是以兩個相對的意象顯現分歧的可喜，風是動的，百合則以靜取勝，風速快則

年輕有為，慢則是衰老的徵兆，這是陽剛的美；百合與月，則是陰柔的代表，「笑」的「動」感，多少呼應著「風」的速度。題目的訂定，讓這兩行的詩有著主從的分野。第二首〈相忘〉，分歧處在「誰胖誰細」，不論什麼樣的「雨」，落在水裡難以分辨去處，此詩一方面應用社會上的減肥風氣，不分誰胖誰細，也應用「相忘於江湖」的詞語，讓雨落在江裡、湖裡。這是創作時的靈光一閃，創作者應有的機智。

　　對比的隱喻與設計，在兩行詩中讓我們有了初體驗。四行詩終將會有更大的體會。

（三）三行詩的實驗

　　至於三行詩，可以有四種排列法：團結的三行、分列的三行、2+1式、1+2式，在形式上不容易形成對峙的型態。蕭蕭在《後更年期的白色憂傷》[6]裡，全書寫作三行詩，只實驗2+1、1+2二式，〈自序・好

---

[6]　蕭蕭：《後更年期的白色憂傷》，臺北市：唐山出版社，2007。

在總有一片月光鋪展背景〉表達了這種求取「不平衡的平衡感」的實驗。在「截句」寫作裡，我依然保留2+1、1+2二式，但也有團結的三行方式。團結的三行是林建隆（1956-）、陳黎（陳膺文，1954-）所習用的，但我們三人都放棄「一行一段」的分列（裂）三行，因為節奏斷離，意象隔絕，氣息難以呵成吧！

〈合該我與碎末都會笑〉

我乘著蕉葉的風而來
冒著七月溽暑

浪，為什麼要在我眼前笑成碎末？

〈水鏡〉

這湖如何與天光接軌？

傾訴心事的人換用了手機

那鏡面　有著光的魔力

　　先比較分裂出一行的意義與節奏效果。

　　就意義的發展來看，1+2式頗有演繹法的態勢，先
點出原理原則，再描述相關的現象。如〈水鏡〉這首
詩，水光與天光相互輝映是一種美景，但此處用「接
軌」二字，是在光影閃爍之外，企圖學得一種水與天的
內在的繫連，依據這一出發點（這一問題），可以擴展
出許多可能。而後，空一行，是為了留給讀者思考的空
間，當然也可以讓作者、讀者有一個緩衝的地帶，這是
分段的好處。第二段，情境轉換為人工手機，將銀光閃
閃的鏡面等同湖面、水光，緊接的「光的魔力」，彷彿
對上一段的「天光」有著嘲諷、戲謔的意味，顯示了一
種沉迷於人工之「光」的無奈感覺。短短三行詩，因為
分行的設計，可以有逆轉、逆襲的效果。

　　相對於1+2式的設計，2+1式當然就有歸納的優點
呈現。以〈合該我與碎末都會笑〉來看，此一詩題彷

彿就是一個結論，呼應著詩文最後的問句，前二行各自鋪陳「蕉葉的風」、「七月的溽暑」，都指向炎炎酷暑，後一行則由陸「跳轉」至海，有了浪，就有了歡笑。2+1式很像2行合而為1行，在寫作的思路上彷彿走上單行道，一路向前就會抵達目標，二式相較，此一款式容易多了。因此，團結的三行，其思路約略與此相當：

〈革面洗心〉

一絲　一絲
一絲不掛在天空的雨
洗了天洗了臉　也洗了自己

　　第二至第三行之間，要不要空一行呢？我想詩人在寫好二行詩以後，可以在這一點上多做思考。意義、節奏上，如何似斷而連，如何連而不斷，如何斷而後昇，如何連而後折，其實可以在空一行的抉擇上

發展出不同的路向。

　　斷行、斷章，如是。斷句也是。這首詩的第三行「一絲不掛在天空的雨」，原先在〔臉書〕發表時有兩種斷讀嘗試：「一絲　不掛在天空的雨」、「一絲不掛　在天空的雨」，也就是第二行的「一絲」，可以上繫第一行的「一絲　一絲」，成為三個疊詞而分置兩行，節奏「不變中有變」，主詞就變成「不掛在天空的雨」，那是正在落下的雨，多了一份閱讀的轉折樂趣；或者讓第一行的「一絲　一絲」帶領出「一絲不掛」，這時「在天空的雨」節奏上要緊連第三行的動詞「洗」（以「類字」的方式出現三次），「洗」字在「洗了天」「洗了臉」之後，空一格，且拉長句式為五個字，音韻、節奏上起了一點變化，這是詩作上的「微」「小」處，小詩寫作就是要「謹小慎微」，要讓「Angel」在「detail」「smile」。

　　主詞是「不掛在天空的雨」、「在天空的雨」，所以要馬上連接「洗了天洗了臉」，三行詩勢必要連接、團結，不做2+1式的思考。

（四）四行詩的許多或然

　　截句，十分短小，很多人都發展為四行（停留在一、二、三行的不多），而且模仿近體絕句，不加分行，如果有分行的設計，那就是2+2式，這樣的形態也出現在洛夫、向陽的十行詩，恆常出現5+5。

　　四行詩的裝置，團結的四行、分列的四行之外，還有2+2式、1+3式、3+1式、1+2+1式，共有六種款式。新詩沒有任何格律限制，為何不在分行上多做嘗試？以此反觀林煥彰所帶動的東南亞六行（以內）小詩，他的形式設計那就十分可觀了，單以六行為例，可以細碎到二十八種：0+6+0、1+1+1+1+1、1+1+1+1+2、1+1+1+2+1、1+1+2+1+1、1+2+1+1+1、1+1+1+3、1+1+3+1、1+3+1+1、1+1+4、1+4+1、1+5、1+2+3、1+3+2、2+1+1+1+1、2+1+1+2、2+1+2+1、2+2+1+1、2+1+3、2+3+1、2+2+2、2+4、3+1+2、3+2+1、3+3、4+1+1、4+2、5+1。依此，五行有十六種配置，如上述四行六種，三行四種，兩行兩種（團

結與分列兩種基本款），一行一種，共計五十七種。
每一種都要嘗試，五十七種就有五十七首詩，似乎也
無需如此繁瑣設計、反鎖自己。

　　因此，四行詩中，1+2+1的菱角式設計，在周全式
（0+4+0）、細碎式（1+1+1+1）、對稱式（2+2）、
翹翹板式（1+3、3+1）的通例之外，呈現四行詩的特
殊景深，特別值得思考如何掌握、應用這種形式。

〈其時，彰明大化中〉

太陽逐次在八卦山龍眼樹上琢磨

一個一個的我　穿著風
穿過風

海潮靜靜　靜靜等待情人的喘息聲

　　這次，我以截句寫地誌詩，寫彰化的在地感，菱

角式的形式設計剛好可以派上用場，彰化東邊是逶邐
的八卦山脈，西側是廣袤的臺灣海峽，山海之間則是
富饒的彰化平原，四行三段的形式那麼適切地貼合大
地「山、屯、海」的分布，當然更可以去切合情意的
轉折，關於起承轉合的人生旅程、詩意追求——

　　　起：太陽的圓（光、熱）琢磨龍眼的圓
　　　承：一個一個的我（呼應逐次）穿過風
　　　轉：海潮（應該是喧囂的）卻靜靜
　　　合：情人的喘息聲（愛，靜中有動、有光、
　　　　　有熱）

　　「彰化」，原意是「彰聖天子、丕昌海隅之化」，
是政治取向「彰顯聖化」、「彰顯皇化」的封建思
想，我則轉換為「彰明大化」的天人合一觀，以太
陽、龍眼的光明形象去顯現彰化的陽剛之氣，以海潮
「有信」、情人「有愛」去呼應彰化的人情味，以
「穿著風」、「穿過風」類近而歧異的排比型句子，

傳達莊子式的灑脫人性。

　　四行截句，可以寫地大物博的彰化人文，同樣四行三段、菱角式的1+2+1句型，也可以審視人心微渺、曲折的細膩處。

　　〈鏡裡的他〉

　　　攬鏡的他。看見一隻隻擴大的自己

　　　──他審視自己一根根的毫毛
　　　──惋惜自己的正義猶未轉型

　　　他。看見一顆顆無法觸碰的星

　　這社會，多少人每日盯著手機、螢幕，以網路傳聞、軼聞去捕風捉影，自憐、自大且自以為是，以自己的正義隨意暴虐他人。首尾兩個單行詩，「一隻隻擴大的自己」對上「一顆顆無法觸碰的星」，那是多

遠的距離！那人不自知。一個簡單的「。」兩度隔絕
他與真實的自己、他與真理真知。

　　四行截句，直探人心。

（五）詩題目的角色扮演

　　截句、俳句，同樣以「句」為文體，或許從俳句
的研讀，也可以開展截句的版圖。

　　近讀鄭清茂（1933- ）譯註的松尾芭蕉（1644-
1694）俳句《芭蕉百句》，他認為松尾芭蕉的出現，
俳諧才在日本文學史上攀上了巔峰，能與其他傳統文
類如和歌平起平坐，成為雅俗共賞的「第一藝術」。
鄭清茂的俳句漢譯，與眾家不同，日文俳句採上五・
中七・下五的三行十七音節方式書寫，鄭譯則改為
四・六・四的三行十四漢字，可以免除「言溢於意」
的缺憾。[7]，一字多音節，翻譯格式可以稍做更動，

---

[7]　鄭清茂（1933- ）譯註、松尾芭蕉著：《芭蕉百句》，臺北市：
　　聯經出版事業公司，2017，頁3-17。

但觀芭蕉俳句題目，有多至三、四十字者，如〈困居鬧市，九度春秋，今移居深川河畔，因憶古人「長安古來名利地，空手無錢行路難」之句，慚惶無似，蓋此生貧寒故也〉，如〈二十日殘月依稀可見，山麓甚暗，馬上垂鞭，數里未聞雞鳴。忽驚杜牧早行殘夢，已至小夜中山矣〉，題目字數已是詩文的二、三倍，雖非常規，卻也習見。所以，我想詩的題目顯然不是大衣上的那排鈕扣，可有可無，詩體與詩文應有互涉、關連的可能。

　　譬如每一行都以「正」字為首的這首詩：「正黃風鈴木／正落下最後一首小詩／正好，我們路過／正好，我們都是這球狀體的過客」，我以「正愁予」的題目來呼應，可以讓讀者想起鄭愁予（鄭文韜，1933- ）「我達達的馬蹄是美麗的錯誤／我不是歸人，是個過客」（〈錯誤〉詩句），也憶起「地球你不需留我／這土地我一方來，將八方離去」（〈偈〉詩句），擴大了此詩的意涵，擴大了讀者想像的憑藉與空間。而且，將「鄭愁予」及時修正為「正愁予」，呼應了「正」

字的詩行，也傳達了作者對「正黃風鈴木」飄零而下
的悵然感觸，小黃花是過客，我們也是地球的過客，
這飄零愁著你，也愁著我。這首詩的題目〈正愁予〉
確實擔負起她應有的責任。

　　同樣為飄零的落花寫詩，這一次我仿松尾芭蕉，
將題目拉長為四十八字（文本三十一字），交代往
事，希望有助於欣賞這首詩，成效如何未知，但實踐
的過程也不妨是實驗的過程。詩人必須維持創造的活
力，那創造的活力其實來自一次又一次的實驗。

　　　　〈十歲學習〔飄零的落花〕這首歌，一句一淚，
　　　　六十年來每一次唱起總是涕泗縱橫，前日再哼，
　　　　仍然不能自已。〉

　　　花離開花托
　　　總有一聲骨肉剝離的巨響
　　　總會起風
　　　碎裂……碎裂的琉璃……

題目長達48字，不僅達成題旨的聚焦作用，指引賞讀的方向，其實也帶出往事的回憶，鋪展小說企圖的雛型，繪成物與人的命運共同體的網絡。

（六）截句不單純的負載：假裝是俳句

「截句」不該只是一種詩的體式。在推廣「截句」的過程中，我在意的不是「截句」能不能成為一種詩體，能不能成為一種許多人參與的流行詩體，我在意的是，「截句」四句，能有多大的負載量，「截句」雖小，詩人能將她推到多大的極限。

所以在截句的實際創作裡，我做過幾樣嘗試。最早是：「假裝是俳句」。

2017年4月2日00：33，我在臉書上貼出一首截句：

〈假裝是俳句〉

五音節跳躍

七言句緊緊跟隨
昨夜的簷滴

　　白靈回饋說：「胸中空出廣場，雨滴滴不睡之人！前二句擬音詞，心中默數，末句點化，聚焦景象，使之成形，若音若影，忽聲忽形也。」並且在九個小時以後貼出一首詩：

　　〈假裝是咖啡〉
　　――和蕭蕭〈假裝是俳句〉　　　白靈

胸中終於空出了一座廣場
才聽到蕭蕭經常數的簷滴聲
數久了　　五滴雨也數成了七滴

雨滴勝咖啡　　滴滴滴進夜的眉心

　　　　　　　　　　　（4月2日9：12）

二十幾分鐘後，楊子澗（楊孟煌，1953- ）也成
就一首詩：

〈假裝是截句〉
——以應蕭蕭《假裝是俳句》
　　和白靈《假裝是咖啡》　　　楊子澗

我截我截我截截截
截不出一截截蕭蕭和白靈
我呸我呸我呸呸呸
呸不出呸呸小天后蔡依林　　（4月2日9：39）

既然是截句，我試著將楊子澗的和詩，做了修剪：

〔笑截楊子澗的〈假裝是截句——以應蕭蕭
《假裝是俳句》和白靈《假裝是咖啡》〉〕

我截我截（後面真的截了幾個字）

截不出蕭蕭和白靈（把「一截截」截掉，我們
恢復為完整的蕭蕭和白靈）
我呸呸呸（為了跟第一句不同，此句截前半節）
呸不出呸呸小天后蔡依林（此句不截，尤其是
小天后，說不定可以對應出我們是老天王）

（4月2日9：40）

　　三個老朋友的筆墨遊戲，引來青年朋友白世紀、
劉正偉、雲朵的回應：

　　〈假裝是圍觀〉　　　白世紀

詹滴終於譜出了一首蕭蕭漢俳
搭配整座白色心靈廣場的夜眉咖啡
那詩人還輕輕呸著小天后，慢慢截去老天王
假裝是假裝的。沒人發現路過一世紀……

（4月2日15：07）

〈假裝是蕭蕭〉　　　劉正偉

假裝是風，蕭蕭
吹過易水，拂過濁水溪
卻吹不透眼前這簷滴　　　　　（4月3日17：45）

〈假裝是你〉　　　蘡朵

跟蹤你的影子假裝是你
影子疊合時我隱藏自己
偷藏一顆心粉塵大小
假裝是你裝扮成葉下朝露的我

（4月3日18：11）

　　這幾首唱和〈假裝是俳句〉的詩，各有奇想。
蘡朵的〈假裝是你〉，初看題目，以為也在唱和的行
列，其實卻是另一種假裝，成功的假裝。粉塵、朝
露，在時空中，謙卑自己的渺小……用以呼應整個題

目的假裝的謙卑。

　　兩天後，寧靜海與蘇紹連也出首了：

　　〈假裝是風景〉　　　寧靜海

　　此地滿是詩餘，每個字等著抽出新芽
　　左手才舉起霧白靈秀，右手就搖下葉落蕭蕭
　　若你不倦地深入，涉過山中蜿蜒澗水
　　繼續朝聖這片境域，管他幾個世紀風雨

　　　　　　　　　　　　　　　（4月5日00：47）

　　〈假裝是詩人〉──致好看的詩人　　　蘇紹連

　　把裙子截短，腿就增長了，好看
　　把鬢角和耳上的髮截短，頭顱就變長了，好看

　　把句子截短，意象就好看了　　（4月5日17：40）

〈假裝不是詩人〉──致變強的詩人　　蘇紹連

當眾多的詩人努力地要把詩變強

他卻把自己的詩變弱了　　　（4月7日23：54）

〈假裝是詩人〉
　　──致看起來一樣高的詩人們　　蘇紹連

平臺

沒有一個是平的

原來上臺的腳有長有短　　（4月10日14：11）

　　十天的時間，在臉書上引起眾多迴響與注目，至少證明了「截句」字句極簡，仿學極快，達致目標也就不太難。

　　此外，在大膽的嘗試上，我也試寫過〈無意象詩派的截句練習〉，有沒有可能禁絕意象依然成詩；也

與藝術家林昭慶的雕塑〈山城之約〉跨界合作，在冷銅、熱陶、平滑、單簡的線條間，給出生命的溫熱。這些努力無非是期望截句能有更多的負載能量，鼓舞截句詩人勇於摸索、踩踏更多的嶔崎山路。

（七）截句不單純的負載：截、節、捷的效能

臺灣截句之所以稱為「截句」，不用「絕句」，應該強調的就是擷取、截取這一手段、這一過程，但在《蕭蕭截句》裡，我只創作新的歌詩，不做擷取舊作的實驗，原因有三，歷年來我的作品小詩佔最大宗，截的必要性似乎不存在，此其一；近體詩中未讀過完整的一首絕句是律詩的一半，二者完整並存於同一詩集（詩選），只見過格律上，絕句與半首律詩相同，可見古人也不時興自截律詩一半作為新作，此其二；評述他人作品時，我們可能擷取其中一小節作為論證、讚嘆之資，所以，截句或許交給讀者或友人更為允當，此其三。

　　就古典詩而言，截句而成為名詩的，要屬盧仝
（795-835）的〈走筆謝孟諫議寄新茶〉，全詩如下：

日高丈五睡正濃，軍將打門驚周公。
口云諫議送書信，白絹斜封三道印。
開緘宛見諫議面，手閱月團三百片。
聞道新年入山裏，蟄蟲驚動春風起。
天子須嘗陽羨茶，百草不敢先開花。
仁風暗結珠琲瓃，先春抽出黃金芽。
摘鮮焙芳旋封裹，至精至好且不奢。
至尊之餘合王公，何事便到山人家。
柴門反關無俗客，紗帽籠頭自煎吃。
碧雲引風吹不斷，白花浮光凝碗面。
一碗喉吻潤，兩碗破孤悶。
三碗搜枯腸，唯有文字五千卷。
四碗發輕汗，平生不平事，盡向毛孔散。
五碗肌骨清，六碗通仙靈。
七碗吃不得也，唯覺兩腋習習清風生。

蓬萊山，在何處？玉川子，乘此清風欲歸去。

山上群仙司下土，地位清高隔風雨。

安得知百萬億蒼生命，墮在巔崖受辛苦！

便為諫議問蒼生，到頭還得蘇息否？

　　這首詩是唐朝詩人盧仝答謝友人孟簡（？-823）送茶的作品，詩分三節，第一部分是敘述性的客套話，感謝孟諫議送茶的美意，說茶的生長是上天所賜，珍貴無比，應該是帝王之尊、世宦之家才能享受，何等尊寵，今日來到我這山野人家，我就關起山門品嘗吧！第二部分是抒情性的讚嘆語，從第一碗茶的初體驗，慢慢進入生命的體會、生理的變化，終至於肌骨清輕，彷彿登上仙境。第三部分筆鋒一轉，屬於評議性的請命，為茶農墮在巔崖受苦辛而請命，為天下蒼生是否得到蘇息而請命，是一首精彩的憫農詩，後世將此詩截為〈七碗茶歌〉：「一碗喉吻潤，兩碗破孤悶。三碗搜枯腸，唯有文字五千卷。四碗發輕汗，平生不平事，盡向毛孔散。五碗肌骨清，六碗

通仙靈。七碗吃不得也，唯覺兩腋習習清風生。」風
行於茶道界、茶肆間，其名氣超過〈走筆謝孟諫議寄
新茶〉甚多。

　　盧仝另有一首〈月蝕詩〉，根據胡適（1891-
1962）《白話文學史》的說法，原詩約有一千八百
字，句法長短不等，用了許多有趣的怪譬喻，說了許
多怪話，語言和體裁都是極大膽的創例，充滿著嘗試
的精神。[8]韓愈集中有〈月蝕詩效玉川子作〉則將此詩
刪為102句，576字，為詩壇留下刪詩、截句的佳話。
詩題〈月蝕詩效玉川子作〉用一「效」字，或有致敬
之意，行的卻是刪、截的真實效果，反過來說，刪、
截友人或前人作品，或許也可以當作是向佳作致意的
一種好方式，友誼交流、藝術交鋒的新趨勢。

　　因此，在《蕭蕭截句》裡，我邀請十五位書法
家，從過去的詩集中，或全選，或截句，不受任何拘
限，憑自己的感覺揮灑，成就十五幅有創意的書法作

---

[8]　胡適：《白話文學史》，臺北市：五南圖書出版有限公司，
　　2013。

品，置放在輯二〔句截情更捷〕中，不僅讓新詩與書法結合，更讓截句的觀念獲得充分的推展。

　　截句，作為一種詩體，值得我們讓她在萬山中跋越，在萬水中涉渡！

　　　　　　　　2017年7月　明道大學開悟大樓304室

蕭蕭截句

目　次

輯一｜句絕意不絕

輯二｜句截情更捷

蕭蕭截句

句絕意不絕

天地線那一直線

天地線一直拉成一直線
誰也看不出浪濤千百年來的
怒火
——我心中被啃被嚙後的創口

2017.1.11.

藏著天池

我心中那頭小鹿所凝望的
遠方
是一座藏著天池的高山
只長梧桐與鳳凰

2017.1.14.

幸福的莊園

我們總認為我們離長安很遠
像韓愈的南山詩

不知道住在西安的人如何想望
濱海的莊園？

2017.1.17.

露珠的觀望

估計那時你已抵達

茶葉的葉尖

跳，還是不跳？

風從來不為旗子決定響還是不響

2017.1.18.

穿與跨之際

你隨時可以跨越我的短籬

穿梭我身體

趁著我正忙著攪動

純潔與無知的時候

2017.1.19.

夢會被持誦會被遺忘

所有的傷口會癒合所有的

夢會醒來經典會

被持誦被遺忘被詛咒

你心中那顆太陽只是剛剛沉落

2017.1.20.

合該我與碎末都會笑

我乘著蕉葉的風而來
冒著七月溽暑

浪，為什麼要在我眼前笑成碎末？

2017.1.22.

你在我夢中忙著

靜靜的　風停了雨歇了
蛙也不鳴，鳥也不叫

你還在我夢中遠遠的山頭
呼嘯

2017.1.23.

你在別人的牽掛裡

靜靜的　風停了雨歇了
蛙也不鳴，鳥也不叫

我嘴角的笑還甜著
你卻誤入別人的牽掛裡

2017.1.23.

我愛你

細胞死了三萬六千個

酒紅逐漸

轉為酡顏

此心不渝，還是渝了呢？

2017.1.24.

革面洗心

一絲　一絲

一絲不掛在天空的雨

洗了天洗了臉　也洗了自己

2017.1.24.

靜容

童年高高逸飛以後
誰能切割風的溫度、箏的翻騰？
　　同伴斜斜的笑
　　雨來時雜沓的腳步聲？

2017.1.24

合歡山

天人之際如何能一割而為

陰而為陽，一割而成昏

曉？風浪著雲漫著

天漫著山山浪著人

2017.2.24.

初識雲俠

從小喜歡抓著雲說心事

一說就是六十年、七十年

一幌六十年、七十年過去了

雲流溪間，俠在山巔

2017.2.25.

或者說

一支箭穿過山嵐或者說

霞彩，或者水氣

六、七個半百的詩心聽到了浪濤、鶯啼

還是一排鐘聲向著蠻荒過去？

2017.2.26.

乳房拒絕憂傷

看著看著，那是富於彈性的乳房
想著想著，不宜江湖、男人、海浪、憂傷

特別適合李白和月光

2017.3.2.

流汗的不習慣說汗液

避開唾液，我們使用親吻
絕口不提精液、炒飯或者做愛

專心沿著溪
沿著薰衣草的黃昏

2017.3.4.

風的年齡

風以自己的速度決定年齡

百合只管向著月　　笑不停

2017.3.7.

上學的小孩

今天的雲走得特別慢、特別慢

爸爸為什麼你

有人也叭叭，無人也叭叭？

2017.3.12.

抓與抓不住

樹枝抓不住樹葉

樹葉抓不住風

風很清楚：水抓不住魚

2017.3.16.

自主

水流，船不動
岸邊
石頭篤定自己的篤定任草纏繞腰身

2017.3.24.

藍顏色的煙

靈魂出竅，河裡的石頭冒著藍顏色的煙

2017.3.25.

假裝是俳句

五音節跳躍

七言句緊緊跟隨

昨夜的簷滴

2017.3.27.

健走

為了一〇八這個數字

我都城漫遊，山野健走

多少年了

還未走到你裙邊、裙邊的石榴

2017.3.27.

相忘

雨落在江裡、湖裡

誰也記不得誰胖誰細

2017.3.28.

灰塵

灰灰的灰塵

教我認識了和尚的灰布袍

我彈彈衣上的酒漬、微塵

心也和尚了那麼一下下才回神

2017.3.28.

半睡半醒之間

你一醒來

你的夢卻拉著白月光　睡著了

So what

你不一定要等你的夢醒來才醒來

2017.3.29.

等鐘響再去敲鐘

鐘聲響起時有人要上課有人要

念經有人又回去睡回籠覺

有人說：

等下一次鐘響再去敲鐘

2017.3.29.

水鏡

這湖如何與天光接軌？

傾訴心事的人換用了手機
那鏡面　有著光的魔力

2017.3.30.

那，大不同

旁邊那一莖草知道我是他前世的愛人嗎？

湖邊那群鵝知道我是他們書法的勁敵嗎？

昨晚那風，或許知道他是我的軌轍

半空中那長尾藍鵲知道他是我的夢嗎？

2017.3.30.

悠遠之外

即使我能一口吸吐日月潭的潭水

也浮不起，也沉不了

　汪倫的劍氣

　伏羲悠遠的琴音

　　　　　　　　　2017.3.30.

平滑的過去

我知道你是徹底放棄了
　雲的使者
　風的知音

概一般劃過的絲綢似的心也放棄了

　　　　　　　　2017.3.30.

〔山城之約〕
十首

蕭蕭截句

續並仿鄭愁予〈小城連作〉之一

高聳的稜線／森嚴的城堡

你在平臺的哪裡？

礁溪呼喚舟楫／荒野呼喚鞍韉

我在天之下呼喚雲

■ 觀林昭慶雕塑〔山城之約〕而作

2017.4.1.

蕭蕭
截句

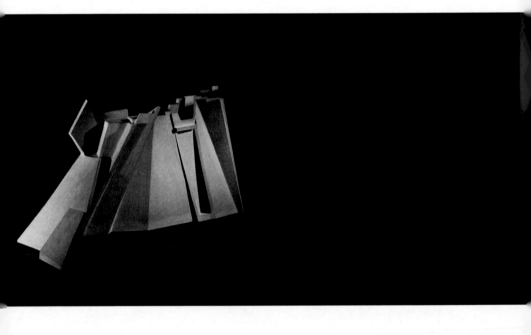

續並仿鄭愁予〈小城連作〉之二

山不來，我去就山
銅的牆、鐵的壁，護持絲質的心

城不開，我去尋你
你的門、你的窗，你絲絨的唇

■ 觀林昭慶雕塑〔山城之約〕而作

2017.4.1.

蕭蕭截句

高志

淡水河邊那人拋出的釣魚線
是遠方繫不住的飛霞

平視觀音山，我砌築一方一方的版
一方一方的版　堆高阿嬤嘴角的笑

■ 觀林昭慶雕塑〔山城之約〕而作
2017.4.2.

蕭蕭截句

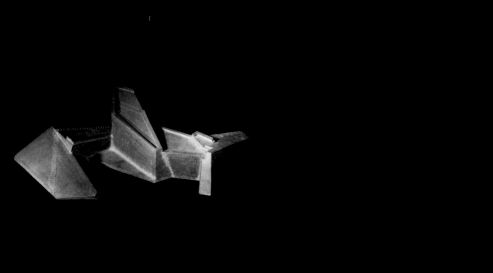

廣被

芒草蕪穢大地，荒涼一直延伸
杜甫還在唐朝的秋風裡苦吟

微塵與微塵眾的山城之約　會跟地平線比遠
向荒涼一直延伸

■ 觀林昭慶雕塑〔山城之約〕而作

2017.4.2.

天梯的材質

沒有人討論過天梯的材質

和過水的泥　還是煉過火的金屬？

或者在土中成長，在火中延展？

你不願論述，靜靜伸出母親的手骨

■觀林昭慶雕塑〔山城之約〕而作

2017.4.5.

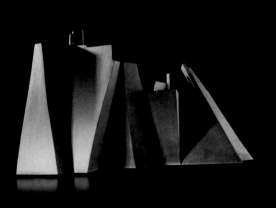

藥引的修行

你要失去一點毛髮、唾液

我則失去鈣或鋅

終究要失去一點屬於自己的藥性

巍峨才屬於自己

■ 觀林昭慶雕塑〔山城之約〕而作

2017.4.6.

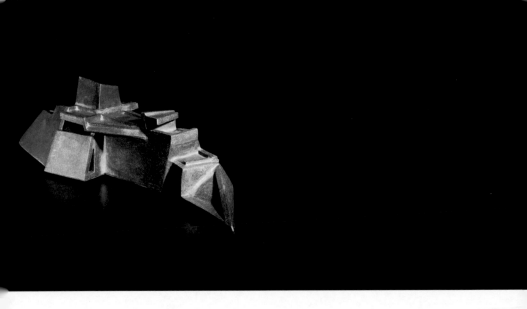

彎角

到處是斬釘截鐵，一個一個的彎
到處是五月未雨而濕滑

都說了：不去你那兒
你卻在這個彎那個角孵出了新葉芽

■ 觀林昭慶雕塑〔山城之約〕而作

2017.4.7.

模仿青苔

再也不吃二月的葱三月的韭

不辛辣的時候

不波浪的鋒面

我在你蹲伏的牆根模仿青苔

■ 觀林昭慶雕塑〔山城之約〕而作

2017.4.8.

中央山脈

那是中央山脈

不會增生的

鋼的筋

為什麼那麼容易迤邐為午夜的馬蹄聲？

■ 觀林昭慶雕塑〔山城之約〕而作

2017.4.8.

蕭蕭截句

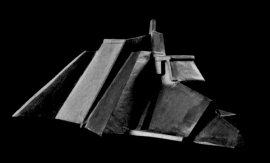

海波浪

就因為是家是燃燒的意志
堅硬如城

嘩嘩的波浪聲
拍打著那岸這岸，有情無情

■ 觀林昭慶雕塑〔山城之約〕而作

　　　　　　　　　2017.4.10.

橋墩

一隻螢火蟲的微小願望：
如何打破藍天這扇窗？

橋墩丟下他的白布鞋：
應該比打破沉默容易一些些

2017.4.11.

心經的愛

最初只不過是一抹晨曦

後來也曾當空朗笑

你所釋放的電

終究成了油桐花雨　最輕的香息

2017.4.12.

忘，忘了也好

忘了也好

我走過的草地
曾經的笑
大暑天裡總會遇到的　不經意的雨

2017.4.15.

找尋肚臍眼的你我他

我已經敞開了

海，迎接陽光

他還拿著他的鑰匙

逼問：肚臍眼哪，你的肚臍眼呢？

2017.4.18.

我藏著一片草原

我就是藏著一片草原

不怕響雷閃電

2017.4.19.

留交陶潛

一頭撞進你的桃源谷

分不清是鶯飛得高，還是草長得長？

最怕遇到谷口余境熹

不知何時作鄭箋

2017.4.19.

龍隱之後

小弟不才，豈敢造次
那聲音剛落
迷路的雲追著霧慢慢漫起

荷葉下不見首不露尾，有蛇扭動漣漪

2017.4.23.

正愁予

正黃風鈴木

正落下最後一首小詩

正好，我們路過

正好，我們都是這球狀體的過客

2017.4.24.

懷念曾師兄

稻浪連接著樸實的爸爸

麥穗招手憨直

風起時

再也不能靠近三月大雅的田埂

2017.4.25.

鏡裡的他

攬鏡的他。看見一隻隻擴大的自己

——他審視自己一根根的毫毛
——惋惜自己的正義猶未轉型

他。看見一顆顆無法觸碰的星

2017.4.26.

窗外山外天外的你

遠離鏡子，天是毫無心事的青

遠離傷口、窗口

山，遠著思念的遠

你可以從窗外蹦向山外天外更外的風景

2017.4.26.

十歲學習〔飄零的落花〕
這首歌，一句一淚，六十年來
每一次唱起總是涕泗縱橫，
前日再哼，仍然不能自已。

花離開花托

總有一聲骨肉剝離的巨響

總會起風

碎裂……碎裂的琉璃……

2017.4.28.

未必要

天朗氣清時

天狼星未必要在空中奔馳或守候

魚群在漁網提拉後

選擇慢慢洄游

2017.5.1.

欣意長綠

轉角那棵七里香只香了九個晚上
白色小花就帶走了她的春天

我決定長綠自己
以自己的葉子陪伴她97%的欣意

2017.5.3.

五月三日遇到人生一次難得的挫折，我仰天不敢大嘯，怕聽不到蚯蚓鬆動泥土的聲音

月是胖胖的上弦月　（多美好的夜）

子時十一點剛過　（一天才開始）

立夏，小葉欖仁吐了新芽　（歡迎春夏）

我打了四個噴嚏　（好在數字不大）

2017.5.4.

肥沃的土地

我的胸口比窗口高一些些

肥沃一些些

任性長幾首新詩尋得不同的旋律

任性擦拭我們的藍天看見他們自罩的陰鬱

2017.5.5.

人生因為有四季

春天裡的百花誰也不想獨佔春光

秋月僅一輪

傲驕地亮著專屬的孤獨

夏風冬雪，數算對門懸掛的八卦與閒愁

2017.5.6.

靈魂

前此四十七世他是佛
你相信，宋朝他出生為蘇東坡

所以啊
來生會有人覺醒復活

2017.5.7.

曾經落定

其實我不太關心塵灰

尤其是那些

即將揚飛的那些

即將在空之中翻轉、聚合或碎裂

2017.6.6.

幽微

陽光從不穿越我的身體

頂多　曬紅我的肌膚

然而可是──就差那麼一小奈米

卻曬不紅我心中不存在的小女巫

2017.6.9.

向蝸牛的愛人致敬

以前磚牆上的一年三百六十五張臉
可以紅可以黑　可以緊緊相隨
後來大理石壁只現一滴淚
慢慢垂　慢慢垂　慢慢　　垂

2017.6.12.

截

你是長恨歌裡

我截下的那一小節

線香

裊裊溫熱我們的長江

2017.6.16.

不過是一扇門罷了

當門實有，有人輕聲念著「關」

門，剩下框
雲隨我出入，風景流動著

2017.6.17.

其時，彰明大化中

太陽逐次在八卦山龍眼樹上琢磨

一個一個的我　穿著風
穿過風

海潮靜靜　靜靜等待情人的喘息聲

2017.6.18.

蕭蕭
截句

無意象詩派之截句練習

下一秒間，各位所欣喜相遇的
是我曾經無止限的瞭望

時間的輪子滾遠了。杜甫只聽到蕭蕭
到底也沒能目睹蕭蕭深陷的臭焦香

2017.6.22.

遼闊

最是害怕

「我愛你」尾音一落之後　　那種遼闊

2017.6.24.

臺南孔子廟旁

英文、日語環伺下

％變成了0÷0，percentage變成了趴

還有人讀子曰嗎？

三三兩兩瘦瘦瘠瘠過日子

2017.6.29.

此日蔡英文所領導的政府刪去公教人員退休年俸之18％，

又見臺南孔子廟旁所題「子口」二字常被念成「日子」，

因成此詩。

文火

微笑，不是微火

卻可以直燒到你的嘴角、你的後腦勺、你的心窩

又繞轉了回來

也不怕你訕笑也不要你降溫　那一把文火

2017.6.30.

塵埃落處

凡塵埃落處

絕不驚醒我的夢

頂多，頂多像涉水女子那筍白的腳踝

離水滴瀝瞬即回到自己的清淺

2017.6.30.

失措的我

你總以茶後的眼神看我

我，失措了

站在明前穩妥

還是審視那透亮的0000的鎖？

　　　　　　2017.6.30.

鑄

多難寫的一個你！

總是以多苦多難多災

護持我

我必須是清醒的　燒燬的火

2017.7.1.

想念的純粹

寂寞不是鬧市中的趺坐者

比較像純粹的玉石

無雜質的想念

　　　　　　2017.7.1.

宜室宜家之非必要性

散文裡不能出現牧羊的孩子
因為現在沒有人牧牛放羊了

但是，誰會懷念割草機呢？

2017.7.2.

水天一色茶

輕啜一口時可以聽到母親嘟嘴的聲音

後來鋪上晨曦、霞影

海潮是有些慌亂了

爸爸一路扯直的心旌在你舌根緩緩生津

　　　　　　　　2017.7.2.

水天一色茶為武夷山「福新問茶」最新

茶品。

輕與重

臺灣人不敢認識雪
——哪有那麼輕的水？
比浮雲，比夢
比右手舉高後的唇語

2017.7.3.

轉得出橢圓轉不出輕靈

時光流轉得像墨汁在瓷碟裡轉

即使是兼毫之尖

也轉不出一個橢圓　外掛的輕靈

轉不出禪師喝問的本來面目

2017.7.3.

獅豹雨

渾融的不完全是夕陽

落下去的可能是球狀體、更可能是

不規則的吆喝

那就讓他直直（誰說一定要直直）落下去！

2017.7.4.

就有那抓住的永恆

在或者不在，誰知道那個是幸？
再或者不再，誰才是神？

我點住了瞬息萬變中的瞬息。
——我以為我點住了。

2017.7.4.

我所告訴你的是我所不知道的

關於這顆心的紅潤

關於愛和愁的級度是否依比例加增

關於鵬鳥、九重天、復活、來世

昨天掏心掏肺所跳動的，都是昨天我想知道的

2017.7.5.

比〔易〕容易多了

比起有翅翼的天使
你容易臉紅

就無所歸屬吧！
不依傍泥土之後也不依傍天空

2017.7.6.

東方虹霓

很輕很輕的腳步
一向是很快溶於水中

昨天你歡喜的那片東方虹霓
本來就聽不到他的音聲

2017.7.6.

松濤

松帶著風霜而挺立
濤則翻滾著年輕的本色

2017.7.7.

松雲

松會老，越老越有勁

雲會閑，緩緩踱往天邊

南路鷹終究循著八卦山向北飛

2017.7.7.

句截情更捷

〔書法與新詩的對話〕
　　　　十五首

蕭蕭
截句

書法家：方連全
尺寸　135×70 cm

融真式
──古琴八式之三

伯牙如果不是從蓬萊山聽得潮浪汩沒之聲

如果不是獨對山林杳冥，體會孤絕自有自己的律動

能讓皇帝座車的六匹馬

不吃草料，仰首聆聽琴音嗎？

山水召喚，巧心巧靈始終呼應

是因為頻率交融，最原始的那一點真　相互擊發

我們伏服在高山流水聳立前、奔競後

書法家：李憲專

尺寸　140×70 cm

行草　悟道

斷處會有乾筆引著看不見的情　牽絲連帶

方折處可以圓轉

藏鋒與露鋒，進退協商有氣相噓

重捺時不妨輕輕長點

這時爵士樂在草地上吸引年輕的眼睛

鄉土民謠拉長了長者的耳朵

行草　　悟道

我們隨勢生詩，牽不牽手都可以走上一生一世

蕭蕭截句

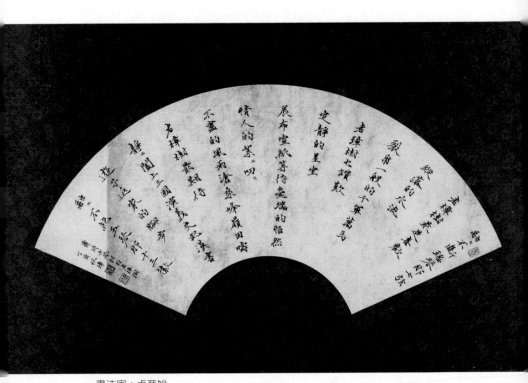

書法家：卓彥妙

尺寸　70×35 cm

古琴村的老樟樹

融融不斷瑤琴那七弦

老樟樹最是喜歡

縱落的水流

裂帛一般的千軍萬馬

老樟樹也讚歎

定靜的星空

展布宣紙等待毫端的怡然

情人的絮絮叨叨

不盡的風雨滄桑、峰嶺田疇

老樟樹最期待

靜靜闔上三國演義、史記、漢書

遊子返家的腳步

融融不絕玉琴那十三徽

後之山色道自色無婆
鳥飛了了出
也不曾在大海畫坤塘
所以天空美海沒著
所以翅膀份然輕與
菌錄蕭蕭詩心高著
丁酉元宵前夕 林碧君 書

書法家：林碧君

尺寸　100×35 cm

心亮著

鳥飛過天空從不知道自己振翅的英姿不曾在埤塘

　　也不曾在大海留下倒影。

所以，天，空著；海，笑著。

所以翅膀仍然輕盈。

書法家：林俊臣

尺寸　135×35 cm

在第七弦的弦音中相見

我不一定是你的鍾子期
卻張開所有毛細孔吸納泡桐花淡紫色的香氛
在無限盪開漣漪的音波天地
翔飛著尋你－－無盡的春

書法家：香取潤哉

尺寸　135×35 cm

通神式
——古琴八式之二

凝神　在神的天地與神會通

久久一朵微笑

蕭蕭截句

廣陵散一散　我們去哪座竹林
索問生命的幸奧
去那座深山坐著明月　不合規格的長嘯
廣陵散那一聲　散啊
我們去哪座深山坐著清明　不合時宜的長嘯
為了索問生命的幸奧
廣陵散一散　還去那座竹林夠深夠密夠其音清揚

蕭蕭大師論古琴八弍之六
辛亥式　張日廣書

書法家：張日廣
尺寸　135×70 cm

探玄式
——古琴八式之六

廣陵散一散，我們去那座竹林

索聞生命的玄奧？

去那座深山坐等明月，不合規格的長嘯？

廣陵散那一聲散啊——

我們去那座深山坐等清明，不合時宜的長嘯？

為了索聞生命的玄奧

廣陵散一散，還有那座竹林夠深夠密夠人追探？

書法家：張枝萬

尺寸　136×70 cm

轉彎的地方要有茶在舌底的記憶

雪在雪山不猶豫自己的飄落處

海在岬角歡呼海的高度與呼吸

我不用想你

轉彎時

你舌底總是含藏茶葉苦澀後的記憶

書法家：陳英惠
尺寸　135×70 cm

讀書讓心尊貴

書像種子，

打開了，

造就生命的根莖葉，

成全了自己的奇花異果

龍人古琴村的雲將心事

潑墨一般

一股腦沈吞給了山

山穩穩實實坐成一幅大手墨寶

走遠的天邊）

那雲輕悠　嘆著

泰依傍一灣溪流

水帶著她的粗絃細弦

曲雲遠過呀朝的老樟樹

就在左右方

一尾想像的老牛馱雲輕悠

反芻著

蕭蕭龍人古琴村的雲
丁酉之春谷音陳志聲

書法家：陳志聲

尺寸　70×70 cm

龍人古琴村的雲

龍人古琴村的雲將心事，潑墨一般
一股腦兒丟給了山
山穩穩實實坐成一幅大千墨寶
在遠遠的天邊　看雲輕悠
笑著

我依傍一灣溪流
水帶著她的粗弦細弦
曲曲彎彎繞過明朝的老樟樹
就在左後方
一頭想像的老牛　看雲輕悠
反芻著

遠遠眺望著你的眉
張揚著威儀
卻也希望那是慈祥的青春
常蓄我飛翔
專注凝視你的眼
懂得顧盼
卻也希望那兒深邃的井
時時帶給我清涼
節自蕭上契　二〇一七　陳維德

書法家：陳維德
尺寸　75×68 cm

契

遠遠望著你的眉　張揚著威儀
卻也希望那是慈祥的青鳥
帶著我飛翔

專注凝視你的眼　懂得顧盼
卻也希望那是深邃的井
時時帶給我清涼

水僊 大紅袍系列之二 丁酉孟春盧毓騏

顯然她是比
溫潤厚了一寸多
比海洋單純了一些
較之於永恆等
略為苦一點澀一點
近乎單戀方面相思
或者說是趨近百年
蒼范諸如比素顏
至於花的香氣
還不到蜜蜂喻喻
讚嘆的程度
只是舌尖噴香有些讓人
眾水之中如果想要成仙
那就微昂頭抬頸
三十五度的仰角

可以看見
比天空朗爽的天空
比黑白琴鍵還適宜
吟哦的蔚藍

書法家：盧毓騏
尺寸　136×68 cm

水仙
——大紅袍系列之二

顯然她是比溫潤厚了一寸多

比海洋單純了一些些

較之於永恒等等　略為苦一點澀一點

近乎單戀片面相思

或者說是趨近百年蒼茫諸如此類

至於花的香氣　還不到蜜蜂嗡嗡讚嘆的程度

只是舌尖嘖嘖有些燙人　眾水之中如果想要成仙

那就微微昂頭提頸　三十五度的仰角可以看見

比天空朗爽的天空　比黑白琴鍵還適宜吟哦的蔚藍

書法家：羅笙綸

尺寸　130×35 cm

哈達任天風撥弄戲耍

哈達可以純潔得像雲或雪

或者泉一樣的白水

霜一樣的月光

紙一樣，等待書寫

哈達可以垂掛你的胸前

卻不能像你的心

任天風撥弄戲耍，隨光影晴陰

書法家：羅德星
尺寸　140×70 cm

不用問

穩穩然坐在茶席邊的仙子

若不凝神轉注

則生命將一無所有

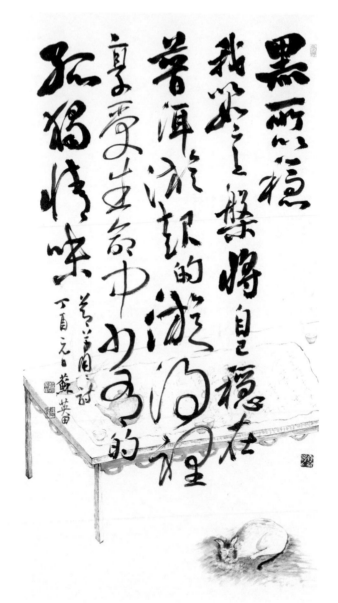

黑咖啡穩

我把我之之樂將自己穩在

普洱沈鈺的游泊裡

享受生命中少少的

孤獨情味

蘇英田

書法家：蘇英田
尺寸　135×70 cm

普洱茶的漩渦

黑所以穩

我以如意盤將自己穩在

普洱漩起的漩渦裡

享受生命中少有的

孤獨情味

蕭蕭截句

臺灣詩學25週年　截句詩系02　PG1892

蕭蕭截句

作　　者/蕭　蕭
責任編輯/徐佑驊
圖文排版/莊皓云
封面設計/楊廣榕

發 行 人/宋政坤
法律顧問/毛國樑　律師
出版發行/秀威資訊科技股份有限公司
　　　　114台北市內湖區瑞光路76巷65號1樓
　　　　電話：+886-2-2796-3638　傳真：+886-2-2796-1377
　　　　http://www.showwe.com.tw
劃撥帳號/19563868　戶名：秀威資訊科技股份有限公司
　　　　讀者服務信箱：service@showwe.com.tw
展售門市/國家書店（松江門市）
　　　　104台北市中山區松江路209號1樓
　　　　電話：+886-2-2518-0207　傳真：+886-2-2518-0778
網路訂購/秀威網路書店：http://store.showwe.tw
　　　　國家網路書店：http://www.govbooks.com.tw

2017年9月　BOD一版
定價：280元
版權所有　翻印必究
本書如有缺頁、破損或裝訂錯誤，請寄回更換

國家圖書館出版品預行編目

蕭蕭截句 / 蕭蕭著. -- 一版. -- 臺北市 : 秀威
資訊科技, 2017.09
　　面 ；　公分. -- (截句詩系 ; 2)
BOD版
ISBN 978-986-326-463-7(平裝)

851.486　　　　　　　　106015139

讀者回函卡

感謝您購買本書，為提升服務品質，請填妥以下資料，將讀者回函卡直接寄回或傳真本公司，收到您的寶貴意見後，我們會收藏記錄及檢討，謝謝！如您需要了解本公司最新出版書目、購書優惠或企劃活動，歡迎您上網查詢或下載相關資料：http:// www.showwe.com.tw

您購買的書名：＿＿＿＿＿＿＿＿＿＿＿＿＿＿＿＿＿＿＿＿＿＿＿

出生日期：＿＿＿＿＿年＿＿＿＿＿月＿＿＿＿＿日

學歷：□高中 (含) 以下　　□大專　　□研究所 (含) 以上

職業：□製造業　□金融業　□資訊業　□軍警　□傳播業　□自由業
　　　□服務業　□公務員　□教職　　□學生　□家管　□其它＿＿＿

購書地點：□網路書店　□實體書店　□書展　□郵購　□贈閱　□其他

您從何得知本書的消息？

　□網路書店　□實體書店　□網路搜尋　□電子報　□書訊　□雜誌

　□傳播媒體　□親友推薦　□網站推薦　□部落格　□其他＿＿＿＿＿

您對本書的評價：（請填代號　1.非常滿意　2.滿意　3.尚可　4.再改進）

　封面設計＿＿＿　版面編排＿＿＿　內容＿＿＿　文／譯筆＿＿＿　價格＿＿＿

讀完書後您覺得：

　□很有收穫　□有收穫　□收穫不多　□沒收穫

對我們的建議：＿＿＿＿＿＿＿＿＿＿＿＿＿＿＿＿＿＿＿＿＿＿＿

＿＿＿＿＿＿＿＿＿＿＿＿＿＿＿＿＿＿＿＿＿＿＿＿＿＿＿＿＿＿＿

＿＿＿＿＿＿＿＿＿＿＿＿＿＿＿＿＿＿＿＿＿＿＿＿＿＿＿＿＿＿＿

＿＿＿＿＿＿＿＿＿＿＿＿＿＿＿＿＿＿＿＿＿＿＿＿＿＿＿＿＿＿＿

11466
台北市內湖區瑞光路 76 巷 65 號 1 樓

秀威資訊科技股份有限公司 　　　收

BOD 數位出版事業部

....

（請沿線對折寄回，謝謝！）

姓　　名：＿＿＿＿＿＿＿＿　年齡：＿＿＿＿　性別：□女　□男

郵遞區號：□□□□□

地　　址：＿＿＿＿＿＿＿＿＿＿＿＿＿＿＿＿＿＿＿＿＿＿

聯絡電話：(日) ＿＿＿＿＿＿＿＿＿　(夜) ＿＿＿＿＿＿＿＿＿

E-mail：＿＿＿＿＿＿＿＿＿＿＿＿＿＿＿＿＿＿＿＿＿＿